Griffet de Z

AF298432

Ve   3671

LA MESSE

DE

GNIDE.

A PARIS,

Chez les Marchands de Nouveautés.

---

*L'an deuxième de la République Française,
une et indivisible.*

Ce petit ouvrage, composé long-tems avant la Révolution, a été trouvé dans les papiers de C. Nobody, jeune poëte heureusement né ; mais à qui la funeste habitude de l'opium fit perdre en moins de deux ans, la santé, l'imagination, la mémoire et le goût du travail, et qui finit par se tuer lui-même d'un coup de pistolet, le 11 juin 1787. Il étoit né dans les environs de Beauvais, en 1766, et demeuroit à Paris depuis 1775. Il a laissé beaucoup d'autres manuscrits, qui annoncent de l'invention et de la facilité ; mais ce sont pour la plupart des ébauches ou des commencemens d'ouvrages que leur état d'imperfection ne permet pas de publier. Cette bagatelle érotique est la seule de ses productions à laquelle notre auteur ait mis la dernière main , dans le peu d'intervalles lucides que lui laissoit le dépérissement successif de ses organes.

LA MESSE

DE

GNIDE.

L'INGÉNIEUX écrivain qui nous a rapporté de son pélerinage à Gnide une relation si charmante des beautés de ce séjour, des prix qu'on y décerne, et du temple qui en fait le principal ornement, a négligé de s'appesantir sur les détails du culte qu'on y rend à Vénus et à son fils. Nous nous sommes fait un devoir de remplir cette lacune. Nous avons copié sur les lieux les oraisons de la Messe Gnidienne, et pris note de ses cérémonies, afin que dans tous les pays du monde, les amans qui la célébrent dans leurs chapelles particulières, soient à portée de

n'y rien omettre, et s'unissent d'inten-
tion avec les pontifes de la métropole.

On voit à Gnide, devant l'autel de
Vénus, un superbe lit, du genre de ceux
qu'on nomme en France lits à la polo-
noise, vers lequel on monte par quinze
gradins. La statue de la déesse, antique
offrande de Praxitèle, domine ainsi sur
la couche sacrée, dont les rideaux toujours ouverts, la laissent voir dans tout
son éclat.

Environ cinq heures après le lever du
soleil, le son réuni des flûtes, des sis-
tres, et des cymbales, annonce au Peuple le moment du sacrifice. Un jeune
desservant, nud et couronné de mirthe,
s'avance au pied des gradins. Une jeune
fille, aussi sans vêtemens, et couron-
née de roses, va se placer à ses côtés, et
ils commencent en ces termes :

(Introït)

LE PRÊTRE ET LA PRÊTRESSE

Au nom de l'Amour, de sa mère ;

LE PRÊTRE.

Et de la beauté qui m'est chère ;

LA PRÊTRESSE.

Et de l'amant que je préfère !

LE PRÊTRE.

J'entrerai dans le sanctuaire
Du Dieu qui parle à tous mes sens.

LA PRÊTRESSE.

J'irai vers ce Dieu tutélaire
Qui réjouit le matin de mes ans.

LE PRÊTRE.

Dieu des cœurs, juge-moi sur le rapport des belles ;
    Distingue-moi des infidèles,
Et des avantageux, et des indifférens.
    Délivre-moi des pièges de l'Envie,
Et fais que mes rivaux, quels que soient leurs talens,
Ne m'effacent jamais du cœur de mon amie.

LA PRÊTRESSE.

Amour ! je ne puis rien sans toi.

A 4

Pourquoi m'avoir si long-tems repoussée ?
Pourquoi me laisses - tu , de chagrins oppressée ,
Au pouvoir des jaloux qui s'arment contre moi ?

LE PRÊTRE.

Fais briller ta lumière à ma vue incertaine ,
   Et conduis - moi sans danger
Au plus joli des monts , placés dans ton domaine ,
A ce mont fait d'albâtre et couronné d'ébène ,
   Où tu te plaîs à siéger.

LA PRÊTRESSE.

  J'entrerai dans le sanctuaire
  Du Dieu qui parle à tous mes sens.
Je m'offrirai moi-même à ce Dieu tutélaire
  Qui réjouit le matin de mes ans.

LE PRÊTRE.

Sur mon luth , accordé par la volupté même ,
 Je chanterai l'Amour et ses faveurs.
Mais je tremble ; j'éprouve un embarras extrême.
O mon ame ! pourquoi ce trouble , ces frayeurs ?

LA PRÊTRESSE.

Espérez en l'Amour ; c'est en lui que j'espère.
L'Amour qui nous appelle à ses jeux enchanteurs,
Vous fera surmonter la crainte de déplaire,
Emoussera pour moi l'aiguillon des douleurs.

LE PRÊTRE.

Gloire à l'Amour ! gloire à Vénus sa mère !

LA PRÊTRESSE.

Qu'ils soient glorifiés maintenant , à jamais,
Ainsi qu'aux premiers jours du monde ,
Où leur activité féconde
Triompha du cahos épais !

LE PRÊTRE.

J'entrerai dans le sanctuaire
Du Dieu qui parle à tous mes sens.

LA PRÊTRESSE.

Je m'offrirai moi-même à ce Dieu tutélaire
Qui réjouit-le matin de mes ans.

LE PRÊTRE.

Son nom me rend [hardi,

LA PRÊTRESSE.

Son nom me rend docile.

LE PRÊTRE.

Dieu bienfaisant , aimable Dieu,
De nos fautes reçois l'aveu.

LE CHOEUR.

Qu'à vous les pardonner il se montre facile !
Et tous deux à la fois vous fasse parvenir
Au suprême bonheur, à l'excès du plaisir !

LA MESSE

(La Confession)

LE PRÊTRE.

Je me confesse à Vénus toujours belle ,
Au Dieu d'amour, le plus fêté des Dieux ,
A l'Hymenée , à ce Trio fidèle
De qui Vénus se fait suivre en tous lieux.
Je me confesse aux ombres amoureuses
Du jeune Hylas, d'Anchise et d'Adonis ,
Ainsi qu'à vous , amantes malheureuses ,
Phèdre , Didon , Ariane , Biblis !
Je me confesse au courageux Léandre ,
A Pénélope , à tous les vrais amans ;
A vous enfin , l'objet de mes sermens ,
Le digne objet de l'ardeur la plus tendre.
Si quelquefois j'ai péché contre vous ,
Envers l'Amour si je devins coupable ,
C'est par ma faute ,
C'est par ma faute ,   et j'implore à genoux
C'est par ma faute ,
Non-seulement le bonheur d'être absous,
Mais du pardon le gage inestimable.
Priez pour moi, vous tous que j'ai nommés ,
Et vous aussi . vous , apôtres de Gnide ,
Anacréon , Sapho , Tibulle , Ovide ,
Rousseau , Bernard , mes auteurs bien-aimés !

(*Le Prêtre monte à l'autel.*)

LE PRÊTRE.

Descens, Amour, descens embellir notre vie.

LA PRÊTRESSE.

Descens, et tu verras la terre réjouie.

LE PRÊTRE.

Amour ! répans sur nous tes biens !

LA PRÊTRESSE.

Vénus, remplis-nous de ta flamme !

LE PRÊTRE.

Amour, entens mes vœux !

LA PRÊTRESSE.

Vénus, souris aux miens !

LE PRÊTRE.

L'Amour soit avec vous !

LA PRÊTRESSE.

Qu'il règne dans votre ame !

ENSEMBLE.

Vivez pour bénir ses liens.

LE PRÊTRE, *en s'inclinant sur le lit.*

Au nom des baisers innombrables
Qu'a vu donner ce lit voluptueux ;

Au nom des plaisirs ineffables
Que mes prédecesseurs ont goûtés dans ces lieux,
Vénus, Amour , soyez-nous favorables !

Divinités des plaisirs ,
Regardez-nous sans colère.

LE CHOEUR.

Divinités etc.

LE PRÊTRE.

Vous entendez nos soupirs
Des bocages de Cythère.

LA PRÊTRESSE.

Venez d'un couple sincère
Favoriser les desirs.

LE CHOEUR.

Divinités etc.

LE PRÊTRE ET LA PRÊTRESSE.

Si jamais, Dieux des plaisirs,
Vous éprouvez la colère,
Gardez-la pour l'homme austère,
Qui met un frein aux desirs.

LE CHOEUR.

Divinités etc.

LE PRÊTRE.

Une frayeur témèraire

Ne cause point nos soupirs.

LA PRÊTRESSE.

Notre hommage est volontaire ;

LE PRÊTRE.

Et nos loix sont vos desirs.

LE CHOEUR.

Divinités etc.

LE CHOEUR continue.

(Pendant l'hymne suivant , le Prêtre et
la Prêtresse se tenant par la main , sont
assis aux deux extrèmités du lit mysti-
que, le corps à demi tourné vers l'autel)

Gloire à Vénus dans la cour éthêrée !
Paix sur la terre aux fidéles amans !
Nous te louons , ô belle Cythèrée ;
Nous bénissons tes triomphes charmans.
A t'honorer nous travaillons sans cesse ;
Nous adorons ta douce volonté ;
    Des plaisirs de notre jeunesse
    Nous remercions ta bonté.
Fils de Vénus, Dieu puissant, Dieu propice ,
Dont la présence efface nos ennuis,
Etens sur nous une aile protectrice.
Fils de Vénus, dans la longueur des nuits
Si parfois nous cédons au sommeil qui nous presse ,
Pardonne, hélas ! à l'humaine foiblesse.
Fils de Vénus, à ses côtés assis ,

Partage notre encens et ta gloire avec elle.
  C'est à vous deux que le monde est soumis ;
  Sois toujours le plus grand, comme elle est la
    plus belle.

(Le Prêtre et la Prêtresse se lèvent)

LE PRÊTRE.

L'Amour soit avec vous !

LA PRÊTRESSE

             Reposez sous son aile.

LE PRÊTRE.

(Collecte)

Je te rends grace, Amour, des plaisirs de ma nuit,
  De ma vigueur, de mon yvresse ;
Du sommeil bienfaisant qui n'en a point détruit
  L'impression enchanteresse.
Je te rends grace encor d'avoir loin de mes yeux
  Ecarté les songes sinistres,
Qui, pour persécuter l'avare et l'envieux,
  Les tyrans, leurs lâches ministres.
Des morts ensanglantés revêtent les lambeaux,
  Marchent accompagnés d'orages,
Et parmi les poignards, les débris, le cahos,
  Hurlent d'effroyables présages.

  Au lever de l'astre du jour,
  Quand toute la nature émue
  Le félicite à son retour,

Je m'éveille et pense à l'Amour ;
Il est l'astre que je salue.
Amour, je t'adore aujourd'hui,
Comme j'ai fait toute ma vie,
Et toi que j'ai toujours servie,
Vénus, je t'adore avec lui.
Au sentiment gloire immortelle !
Hommage insigne à la beauté !
Que leur pouvoir soit exalté
Par la louange universelle !
Et si leur douce autorité
Trouve ici-bas un seul rébelle,
Puisse-t-il, en voyant mon zèle,
Abjurer son impiété !

Accueille les sermens de mon ame embrâsée,
Amour, je t'asservis mes sens et ma pensée.
Je me dévoue à ton culte, à ta loi ;
Je veux n'appartenir qu'à toi.
Couvre mes yeux d'ombres impénétrables,
Si je daigne entr'ouvrir ces livres méprisables
Qui de tes jeux ne m'entretiendroient pas.
Ma volonté n'adressera mes pas
Que vers ton temple, aux réduits solitaires
Ou désignés, ou faits pour tes mystères :
Sur tes commandemens je réglerai toujours
Mes travaux, mes plaisirs, mes vœux et mes
discours.

LA PRÊTRESSE.

(Elle met sous les yeux du Prêtre un

livre qui renferme l'histoire et la doctrine du Dieu d'amour)

Lisez, pénétrez-vous de la loi de Cythère,
Des exemples divins que tout amant révère.

L E   P R Ê T R E.

(Il ouvre le livre et le baise)

Alors que l'univers, enveloppé d'horreur,
N'étoit qu'un vil monceau de vapeurs et de **fange**,
Dieu d'amour, ton flambeau vainqueur
Des élémens confus épura le mélange.
Viens de même épurer mes lèvres et mon cœur.
Puissai-je, dignement annoncer tes oracles,
Parcourir avec fruit ce livre fortuné ,
Monu ment de ta loi , dépôt de tes miracles;
Et n'être jamais condamné
A l'éternel remord de l'avoir profané!

(Le Prêtre lit deux passages du livre
saint , au choix de la Prêtresse. Ne
pouvant copier ce livre en entier , nous
en avons extrait les morceaux suivans ,
pour donner une idée de ces lectures
édifiantes   )

LES COMMANDEMENS DE L'AMOUR.

Un seul objet tu choisiras
Et aimeras parfaitement.

L'Amour

L'amour en vain n'attesteras ,
Ni sa mère pareillement.

Les douces nuits tu chommeras,
Servant l'Amour dévotement.

L'art d'aimer tu méditeras ;
Qui sait aimer vit doublement.

Infidèle point ne seras
De fait ou volontairement.

Au plaisir t'abandonneras
De corps et de consentement.

Les droits d'autrui n'usurperas ,
Ce qui t'est cher fut-il absent.

Fausse ardeur ne déclareras ,
Ni mentiras aucunement.

L'œuvre de chair désireras
Avec un objet seulement.

Prix d'amour ne convoiteras
Que pour en user dignement.

LES COMMANDEMENS DE VÉNUS.

Les agrèmens rechercheras
Qui te sont de commandement.

A la beauté regarderas,
Mais encor plus au sentiment.

Jeune , formé, vieux , aimeras,

Soir et matin pareillement.

D'aucuns plaisirs ne jeûneras,
Les goûtant délicatement.

Douze palmes remporteras,
A tout le moins une fois l'an.

Nul rendez-vous ne manqueras,
Ne rompras nul engagement.

LES BÉATITUDES DES AMANS.

En ce tems-là , le jeune Amour
Quitta le fortuné séjour
Où des Dieux la splendeur réside,
Au sommet d'un côteau riant,
Qui termine vers l'orient,
Le beau paysage de Gnide ,
Apparut le céleste enfant.
Soudain pour le voir, pour l'entendre,
Le Peuple accourut à grands flots,
Et bientôt sa voix douce et tendre,
Dans tous les cœurs grava ces mots :

Bienheureux le mortel qui de l'aimable enfance
    Conserve la simplicité !
  Il jouira d'une félicité
Dont les plus grands esprits n'ont pas l'expérience.

    Bienheureux qui sait pardonner
Les rigueurs, l'injustice et même l'inconstance !

Il aura droit à l'indulgence,
Si dans quelques erreurs il se laisse entraîner.

Bienheureux qui verse des larmes,
Fût-ce sur le tombeau d'un objet adoré !
Sa douleur, ses regrets, ses plaintes ont leurs
charmes,
Et lui-même il sera pleuré.

Bienheureux l'amant qui desire
Par sentiment, et non par vanité !
Au comble de la volupté,
Les mêmes feux et le même délire
Vivront encor dans son cœur transporté.

Bienheureux les amans qui d'un tuteur avare
D'un rival envieux, d'un ennemi barbare
Souffrent les persécutions!
Je récompenserai leurs tribulations ;
C'est moi qui réunis ce que l'homme sépare.

Bienheureux l'ami de la paix
Qui des amans assoupit les querelles!
Le prix de ses efforts et son premier succès
Sera d'être chéri des bergers et des belles.

Heureux, cent fois heureux les cœurs exempts de
fiel,
Au bon plaisir d'autrui toujours prêts à souscrire !
Je leur réserve tout le miel;
Toutes les fleurs de l'amoureux empire.

(Le Prêtre referme le livre, en le lai-

sant de nouveau ; et s'avançant au
milieu du lit , il entonne le premier
vers du symbole qu'on va lire. Le Chœur
chante le reste.)

(Symbole des Amans)

Je crois au Dieu qui fait aimer ;
Je crois à sa toute - puissance,
Je consens à le proclamer
Principe de toute existence ,
Vainqueur de l'horrible cahos ,
Où dormoit jadis la nature ,
Réparateur de tous les maux
Dont on souffre ici-bas l'injure.
Je crois à la belle Vénus,
A sa merveilleuse ceinture ,
A la victoire toujours sûre
De ses charmes voilés ou nuds.
Je crois à l'Enfer des parjures,
Au Purgatoire des jaloux ,
Au Paradis des ames pures.
Je crois au bonheur de époux ;
Je crois aux loyales tendresses ,
A la sainteté des promesses ,
A l'importance des faveurs ,
Au doux langage des caresses,
Au langage plus doux des cœurs.

(La Prêtresse va querir de l'eau prépa-

rée dans un petit vase de vermeil. Elle
en verse un peu sur les mains du Prêtre)

LE PRÊTRE.

Amour, je laverai mes mains
A la Fontaine d'Innocence,
Pour entrer avec confiance
Dans tes tabernacles divins;
Et pour oser toucher sans crime
L'offrande que je dois placèr sur ton autel,
Les pains du sacrifice et la tendre victime
Qui du saint coutelas attend le coup mortel.

J'ai de tout tems chéri le sanctuaire
Où tu te plais, d'où partent tous tes feux,
Encor porté dans les bras de ma mère,
Avec plaisir je m'appuyois sur eux,
Et j'attachois un œil religieux
Sur les appas qu'idolâtroit mon père.

Il est de vils profanateurs
Qui, méprisant tes loix et tes cérémonies,
Emportent d'assaut les faveurs,
Pressent un sein tremblant de leurs lèvres haïes,
S'indigneroient d'attendre et de solliciter,
Et pillent des trésors qu'il faudroit mériter.

Ta vengeance leur est promise;
Mais que ton œil me juge, et ne confonde pas

B 3

  Ma religieuse entreprise
  Avec leurs lâches attentats.

  Un jour, un jour quelque vulgaire amante,
Une Furie, un monstre, ou même une Laïs,
Punira ces forfaits, leur rendra ces mépris,
Et leur fera porter une chaîne accablante.
On les verra trembler, presser, prier, gémir ;
Les bourses pleines d'or, les présens magnifiques
  Brilleront dans leurs mains iniques ;
Mais ils s'appauvriront pour ne rien obtenir.

  Je viens à toi d'un cœur simple et timide,
Où l'audace et l'orgueil ne trouvent point d'accès :
Je viens comme un enfant que l'Innocence guide,
Qui veut, parmi les tiens, te bénir à jamais,
Et non comme un profane insolemment avide.

  Demandez, ô mortels qu'on dit nés pour souffrir,
Le pouvoir et le temps et l'esprit de jouir.

  (Il passe un bras autour de la Prêtresse,
   et dit en la soulevant un peu :)

  Reçois, Amour, cette oblation pure ;
Reçois-la, comme enfant, en mémoire des pleurs
  Qu'un certain jour te causa la piquure
  D'un monstre ailé, nourri du suc des fleurs.
Laisse-nous, comme Dieu, te l'offrir en mémoire
  D'un plus beau jour, de ce jour glorieux,
  Où tu rentras dans les palais des Dieux,
  Accompagné du bruit de ta victoire

Sur la Déesse, habitante des bois,
De qui l'orgueil osoit braver tes loix.
    Amour, nous te l'offrons encore
En mémoire des feux dont Vénus a brûlé,
    Du charme qui fait qu'on l'adore,
Du lait qui de son sein dans ta bouche a coulé.

(Il se tourne du côté du Peuple.)

O mes frères, priez que ce doux sacrifice,
A nos timides vœux rende l'Amour propice !

LA PRÊTRESSE.

Veuillent sa mère et lui l'accepter de vos mains,
Pour leur gloire, pour vous et pour tous les
    humains !

LE PRÊTRE.

Cyprine, Dioné, Cythérée, Aphrodise,
Sous quelque nom chéri qu'il faille t'implorer,
Jusqu'au dernier soupir fais - nous persévérer
Dans les purs sentimens de l'amoureuse église.

(Secrette)

Amour, puissant Amour, viens ranimer nos feux,
Viens pénétrer les cœurs de tes sujets fidèles,
Marquer ce nouveau jour de voluptés nouvelles,
Et goûter le bonheur, en faisant des heureux.
Que ton souffle embaumé remplisse la nature,

Des émanations de ton essence pure,
Et que tes douces loix , en dépit des méchans ,
Ramènent l'âge d'or et les goûts innocens!

(Préface)

Que nos rites sacrés fleurissent d'âge en âge!

L E C H O E U R.

Que notre Dieu reçoive un éternel hommage!

L E P R Ê T R E.

Ne songez qu'à l'Amour.

L E C H O E U R.

         Nous sommes pleins de lui.

L E P R Ê T R E.

Rendons - lui graces à l'envi
Des biens qu'il nous promet et de ceux qu'il nous
     donne.

L E C H O E U R.

Le plaisir le conseille et l'équité l'ordonne.

L E P R Ê T R E.

Oui, certes. L'équité, le devoir, le plaisir,
Tout nous impose , Amour , la loi de te bénir,
De te bénir sans fin , sans repos, sans mesure,
Au nom du vif attrait qui maintient la nature,
Au nom de ces desirs , de cette volupté,

Fruit d'un sixième sens, à nos sens ajouté.
Vénus ! modèle heureux de la beauté suprême,
Ta gloire est son ouvrage, il t'embellit toi-même.
C'est par lui que les Dieux, encensés des mortels,
Font brûler à leur tour l'encens sur tes autels,
Que les fiers conquérans à tes pieds s'humilient,
Que les graves Zénons auprès de toi s'oublient,
Que les pasteurs d'Enna, sans maîtres, sans besoins,
Du soin de t'adorer composent tous leurs soins;
Qu'en tout tems, en tous lieux, la voix de tous
    les êtres,
S'unit pour te louer à celle de tes Prêtres.

Permets qu'avec les Dieux, les héros, les bergers,
Les enfans d'Apollon, les chantres bocagers,
Le lion rugissant, la brebis pacifique,
Notre zèle à ton fils adresse ce cantique:

    Saint, saint, saint, trois fois saint l'Amour,
    Le Dieu de paix et de délices !
    Quels Dieux de l'immortelle cour,
    Autant que lui grands et propices,
    Sont par autant de sacrifices,
    Honorés la nuit et le jour ?
    Louange au fils de Cythérée !
    Que les plaintes de la pudeur,
    Des baisers le bruit enchanteur,
    Et les cris, les chants du bonheur,
    S'élevant de chaque contrée,
    Se confondent en son honneur
    Dans la région éthérée,

Et qu'ils aillent frapper en chœur
Les voûtes d'or de l'Empyrée !

(Canon)

LE PRÊTRE.

Si d'aventure un coin de l'univers
Recèle encor dans ce siècle pervers ,
  Un couple d'amis véritables ,
D'une triple moisson que leurs champs soient cou-
    verts !
Que les étés ingrats , les perfides hyvers
  Leur soient constamment favorables !

LA PRÊTRESSE.

Ainsi soit-il !

LE PRETRE.

      Mais , inutiles vœux !
Où trouver maintenant ce couple généreux ?
  Douce Amitié , si nous portons tes chaînes ,
  De nous unir l'intérêt prend le soin ,
  Comme aux échecs , chevaliers , foux et reines
  Marchent d'accord , seulement au besoin.
  Ah ! les amis ! le bonheur les assemble ;
  Tout disparoît au signal des revers.
  Tels nos acteurs , dans leurs rôles divers ,
  Frères , époux ; ils composent , ce semble ,
  Une famille , où l'on est transplanté ;
  La toile tombe : adieu la parenté !

Il n'en est point ainsi dans ton empire,
Charmant Amour ! par-tout de jeunes cœurs
      Que la volupté seule attire,
      Sentent vivement tes ardeurs.
      Le parjure et l'hypocrisie
      Ne souillent jamais leurs plaisirs,
Et du vil intérêt la sombre frénésie
      N'a rien qui flatte leurs desirs.

(Il s'assied à côté de la Prêtresse, et la
contemple amoureusement.)

      Il est tems que mon œil dévore,
      Que ma main parcoure à loisir
Ces charmes que pour moi l'amour a fait éclorre ;
Ces charmes adorés qui vont m'appartenir !

(Commémoration des vivans.)

      Couples heureux, couples fidèles,
      Participez en ce moment,
      Par vos caresses mutuelles
      Au sacrifice peu sanglant,
Dont je vais prononcer les phrases solemnelles
      Et consommer le mystère charmant.

      Nymphes, Amours, Graces, Génies,
Vous tous qui prolongez sans trouble ni langueur,
      Vos jouissances infinies,
      Participez à mon bonheur.

      Et vous qu'ici je représente

Habitans fortunés de ce riant séjour,
Suivez de vos desirs la fougue impatiente,
    Fêtez aussi, fêtez le Dieu d'amour.

Accomplissez la loi qu'il daigna vous prescrire,
     Alors que mollement couché
      Auprès de la tendre Psyché,
     Dans un voluptueux délire,
Il ceignit son beau corps de ses bras caressans,
Et fit à son oreille entendre ces accens :
Ce beau corps et le mien ne forment qu'un seul être.
O vous tous de ma loi prosélytes fervens,
Répétez à l'envi, jusqu'à la fin des tems,
    Cette leçon de votre maître.
Reçois, dit-il encore, après quelques instans,
Reçois en jets de feu l'élixir de mon être.
O vous tous, de ma loi prosélytes fervens,
Répétez à l'envi, jusqu'à la fin des tems,
    Ces deux leçons de votre maître.

(Les rideaux du lit sacré se ferment sur
le Prêtre et sur la Prêtresse. Intervalle
de silence qui n'est interrompu que par
le bruit des soupirs et des baisers)

L E   C H OE U R.

Répétons à l'envi, dans nos embrassemens,
Cette double leçon de notre divin maître.

L E   P R Ê T R E.

Ce beau corps et le mien ne forment qu'un seul être.

(Pause)

Reçois en jets de feu l'élixir de mon être.

LE CHOEUR.

O vous tous fortunés amans,
Répétez à l'envi, jusqu'à la fin des tems,
Cette double leçon de notre divin maître.

(Commémoration des morts)

LE PRÊTRE.

Mânes prédestinés , favoris des Amours,
Priez que toujours j'aime, et qu'on m'aime toujours!
　　Allié de la cour suprême ,
　　Epoux qu'il suffit de nommer,
　　Pour dire à qui défend d'aimer :
　　On s'égale aux Dieux quand on aime!
Noble époux de Thétis , ombre chère aux Amours,
Priez que toujours j'aime et qu'on m'aime toujours !
　　Vieillard fameux par tes prouesses ,
　　Savant prophète qui reçus
　　La communion de Vénus
　　Tour-à-tour sous les deux espèces,
Sage Tirésias , ombre chère aux Amours,
Obtiens que toujours j'aime et qu'on m'aime
　　　　toujours !
　　Vous qui traversant à la nage
　　Une mer qu'agitoient les vents,
　　Mourûtes loin des yeux charmans

Pnur qui vous affrontiez l'orage,
Infortuné Léandre , ombre chère aux Amours,
Priez que toujours j'aime et qu'on m'aime toujours!

O toi qui pour ta belle-mère
D'un secret amour dévoré
Pensas , martyr prématuré ,
Mourir d'une fièvre exemplaire,
Aimable Antiochus , ombre chère aux Amours,
Obtiens que toujours j'aime et qu'on m'aime toujours!

Bel Adonis , pieux Anchise,
Céphale , Endimion , Pâris ,
Tendre et malheureuse Biblis ,
Pauvre Io , fidèle Artémise !
Mânes prédestinés , favoris des Amours,
Priez que toujours j'aime et qu'on m'aime toujours !

Andromède , Atalante , Hélène ,
Calisto , Mirra , Pholoë ,
Œnone , Europe , Danaë ,
Et toi l'honneur de Mitylène!
Mânes prédestinés , favoris des Amours,
Priez que toujours j'aime et qu'on m'aime toujours

Toi qui par pitié , par tendresse ,
Immolas aux restes vivans
Du plus malheureux des amans,
Tes sens , ton cœur et ta jeunesse ,
Courageuse Héloïse , ombre chère aux Amours,
Obtiens que toujours j'aime et qu'on m'aime toujours!

Toi qui bravas les fers , l'outrage,

L'abaissement et l'abandon ,
Pour ta séduisante Manon ,
Toujours tendre et toujours volage ,
Sensible Desgrieux , ombre chère aux Amours ,
Obtiens que toujours j'aime et qu'on m'aime toujours!

Rancé , Faldoni, Lavalière ,
Rosemonde , Inès , Thérésa ;
Comminge , Yarico , Nina ,
Carlos , Couci , Labedoyère ,
Mânes prédestinés , favoris des Amours,
Priez que toujours j'aime et qu'on m'aime toujours !

(L'Oraison dominicale)

Divin Amour, père de tous les êtres !
Qu'en ce fortuné jour , les Dieux et les humains,
Deviennent pour jamais tes vassaux et tes Prêtres !
Que ton nom , célébré par des cantiques saints,
Au pied de chaque autel et dans chaque idiôme,
Résonne en même-tems aux bords les plus lointains!
Que la Terre et les Cieux s'appellent ton royaume!
Verse aujourd'hui sur nous tes biens accoutumés,
Et comme en pardonnant nous sommes mieux
          aimés ,
Deviens plus cher au monde , à force d'indulgence.
     Aux pièges des tentations
     Ne livre pas notre constance ;
Mais épargne à nos cœurs le tourment des soupçons.

L'Amour soit avec vous!

LA PRÊTRESSE.

L'Amour vous récompense!

LE PRÊTRE.

Adorable Vénus, qui seule réunis
La beauté sans défauts et la grace accomplie,
L'Amour est avec toi ; soyez tous deux bénis :
Si vous délaissiez l'homme, il maudiroit la vie.

(*à la Prêtresse*)

Jeune et caressante brebis,
Ornement de ces pâturages,
Je ne veux d'autre Paradis
Que les liens où tu m'engages.
Douce et complaisante brebis,
Ornement de ces pâturages,
Sois toujours à mes sens ravis,
Ce que Zéphyr est aux herbages!
Jeune et caressante brebis,
Ornement de ces pâturages,
Il n'est point d'autre Paradis
Que les liens où tu m'engages.

Puissans maîtres des cœurs, écartez loin de nous
Les poignards de la Calomnie,
Les sombres visions de la Mélancolie,
Les fureurs de la Haine, et les soupçons jaloux!

Dieu d'amour, dans ton sanctuaire,
Je n'étois pas digne d'entrer ;
Tu m'as permis d'y pénétrer,

Et

Et tu sais si j'ai dû m'y plaire.

Dieu d'amour, dans ton sanctuaire
Je n'étois pas digne d'entrer;
Tu m'as permis d'y pénétrer,
Et tu sais si j'ai dû m'y plaire.

Dieu d'amour, dans ton sanctuaire
Je n'étois pas digne d'entrer;
Tu m'as permis d'y pénétrer,
Et tu sais si j'ai dû m'y plaire.

Que rendrai-je à l'Amour, que rendrai-je à sa mère
    Pour de telles faveurs?
Tout ce que peut leur rendre un enfant de la
    terre :
Je leur payerai sans cesse un tribut volontaire
    De respects, d'encens et de fleurs :
Et je surpasserai par mon zèle sincère
    Leurs plus fidèles serviteurs.

(La Prêtresse offre au Prêtre des vêtemens légers et gracieux qu'elle va cher-
cher à la droite de l'Autel , avec ses
propres atours qu'elle y a déposés avant
le sacrifice)

LE PRÊTRE en s'habillant.

Puissent ces vêtemens , qu'exige la décence,
Disposés avec grace , avec goût assortis ,
Sans gêner mes contours , leur être assujettis,
Unir la propreté , la souplesse et l'aisance ,

Irriter les desirs sans les effaroucher,
Ombrager la nature et non pas la cacher!
Je vous chéris, couleurs dont je me pare,
Nuances qui plaisez à l'objet de mes feux.
Je veux que tout en moi déclare
La conformité douce et rare
Des ames, des penchans que nous tenons des cieux.
Répétez-lui sans cesse, ô couleurs préférées,
Que mon choix en tout tems est dicté par le sien;
Pour flatter ses regards s'il ne vous manque rien,
Il m'importera peu de vous voir censurées;
Mais peut-on censurer ce qui lui paroit bien?

(Il se tourne du côté des assistans)

Retournez folâtrer dans vos rians bocages;
Le sacrifice est consommé.

L E C H Œ U R.

Retournons folâtrer dans nos rians bocages;
Mais que ton Temple, Amour, soit ouvert ou fermé,
A toute heure, en toutlieu, compte sur nos hommages.

L E P R E T R E.

Avant la naissance des tems,
L'Amour existoit par lui-même.
Tous les principes agissans
Formoient son essence suprème.
L'ordre et la vie étoient dans lui;
Lui-même étoit l'ordre et la vie;
Ame, Dieu, Lumière, Harmonie,

Sans émule dans l'infini.

Des êtres la famille immense ,
Éclose à sa douce chaleur ,
Maintient par lui son existence ,
Doit sa beauté , doit son bonheur
A son éternelle influence.
Plus d'une fois il est venu
Dans ce monde à l'erreur vendu ,
Propager sa pure doctrine :
Mais l'homme a toujours méconnu
Sa voix , sa présence divine.
Nos pères disent avoir vû
Des mortels pleins de sa vertu ,
Dont l'ame étoit son plus beau temple ,
Prêcher de parole et d'exemple
Leur siècle aveugle et corrompu.
On n'entendit pas leur langage;
Et le généreux témoignage
Qu'ils rendoient à la verité
Leur valut pour tout héritage
Un vain renom trop acheté
Par le funeste apprentissage
Des pleurs et de l'adversité.
Pour nous qui fêtons leur mémoire ,
En gémissant sur leur destin ,
Dieu d'amour , Dieu des Dieux , salut du genre
      humain,
Nous serons toujours prêts à confesser ta gloire.

BIBLIOTHÈQUE ROYALE

www.ingramcontent.com/pod-product-compliance
Ingram Content Group UK Ltd.
Pitfield, Milton Keynes, MK11 3LW, UK
UKHW020100100726
13658UKWH00004B/1884